D0503767

Oso...Osito

Lada Josefa Kratky

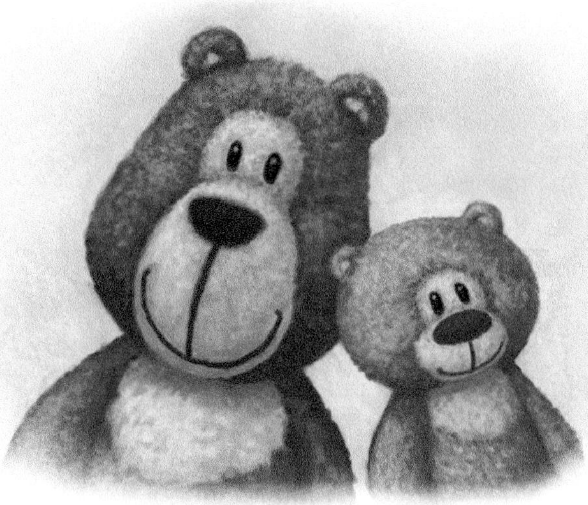

NATIONAL GEOGRAPHIC LEARNING | CENGAGE Learning

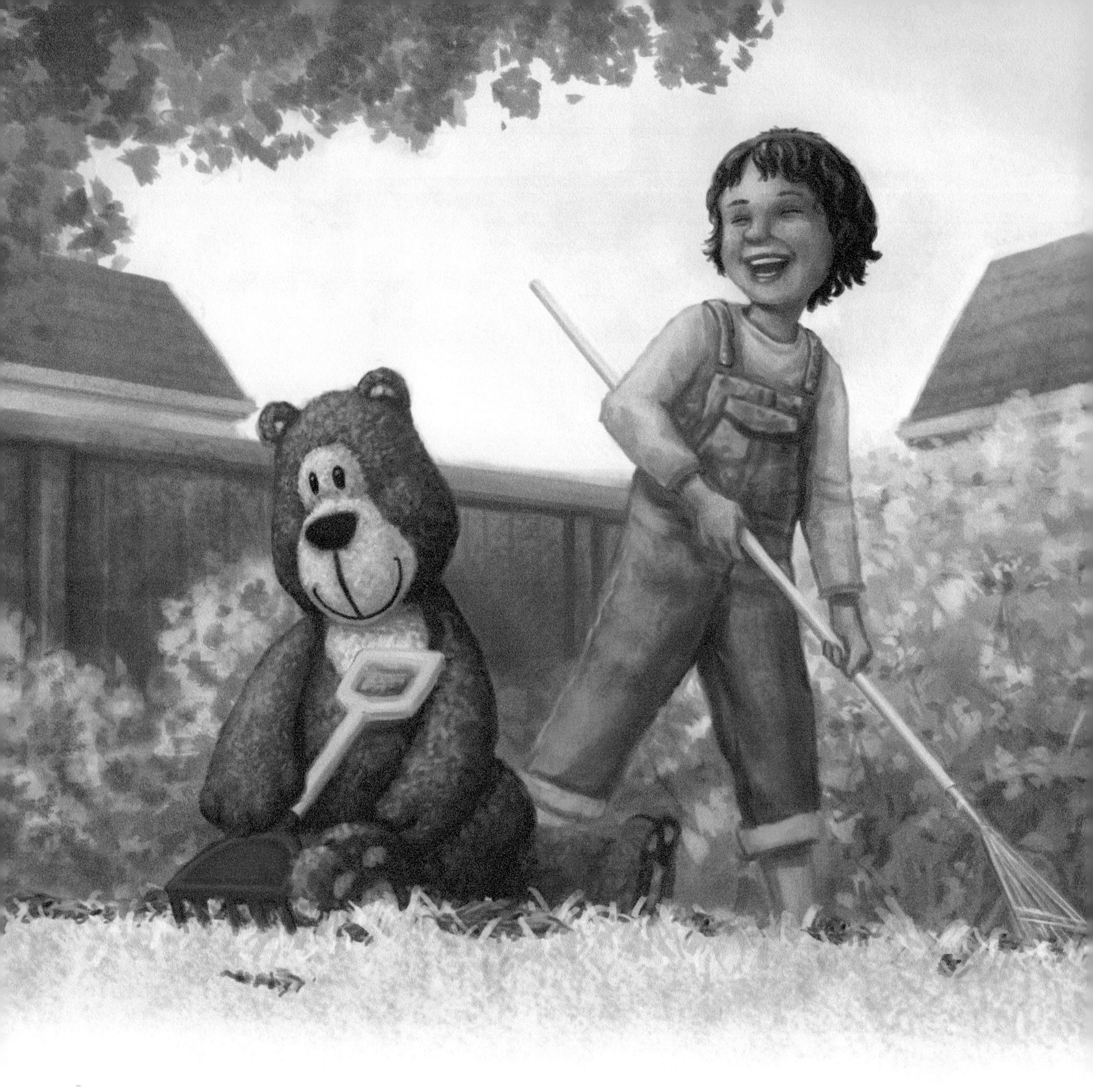

Oso

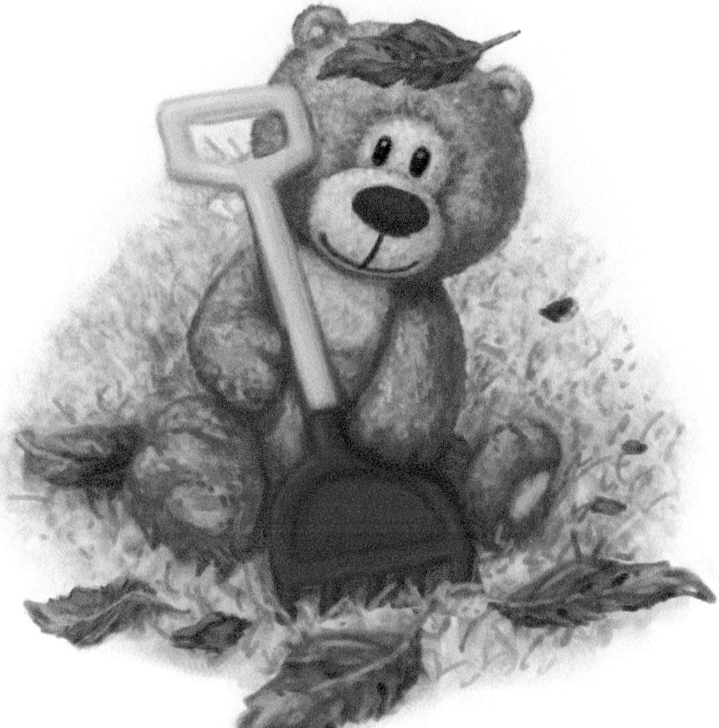

Osito

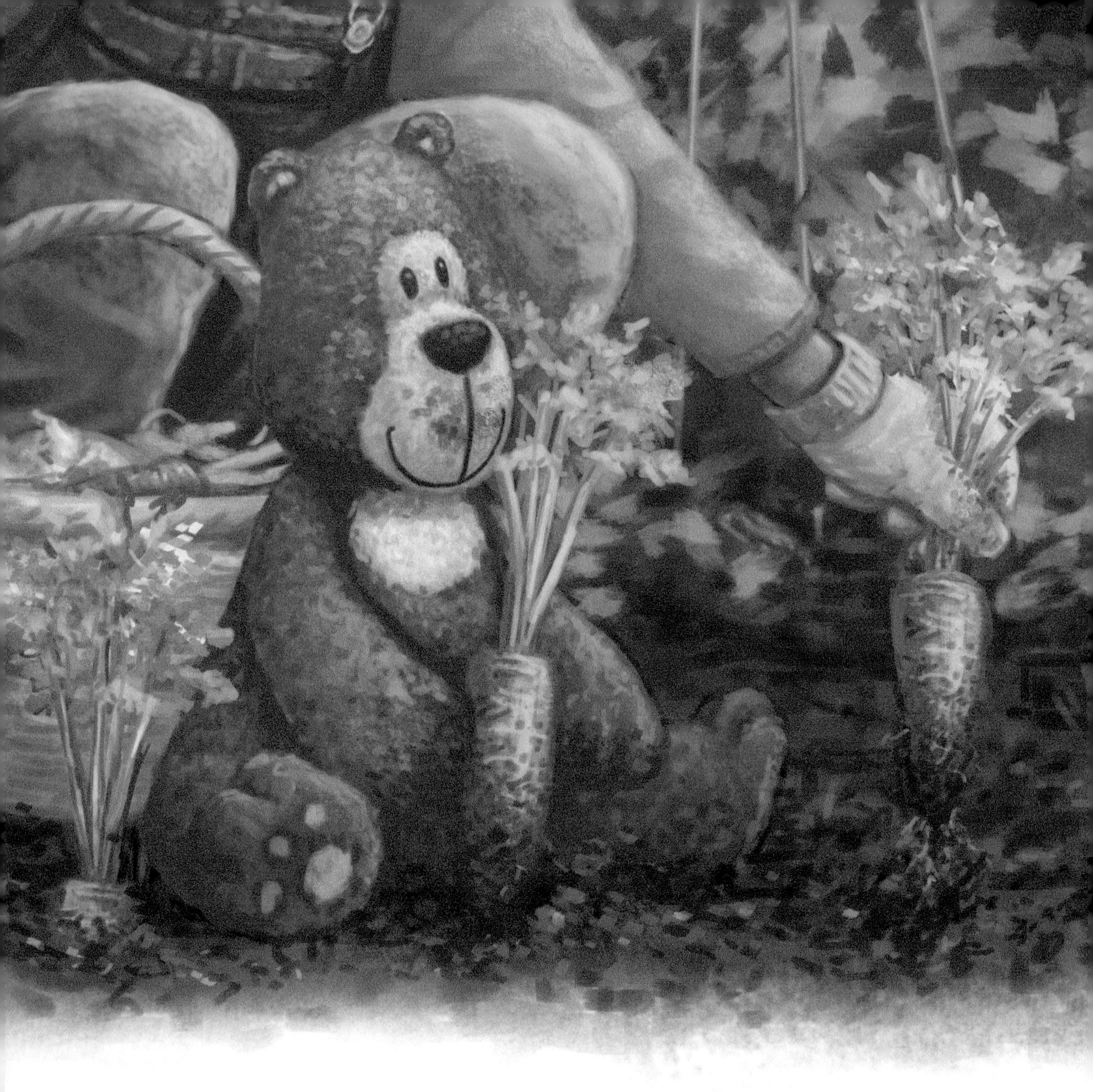

Oso

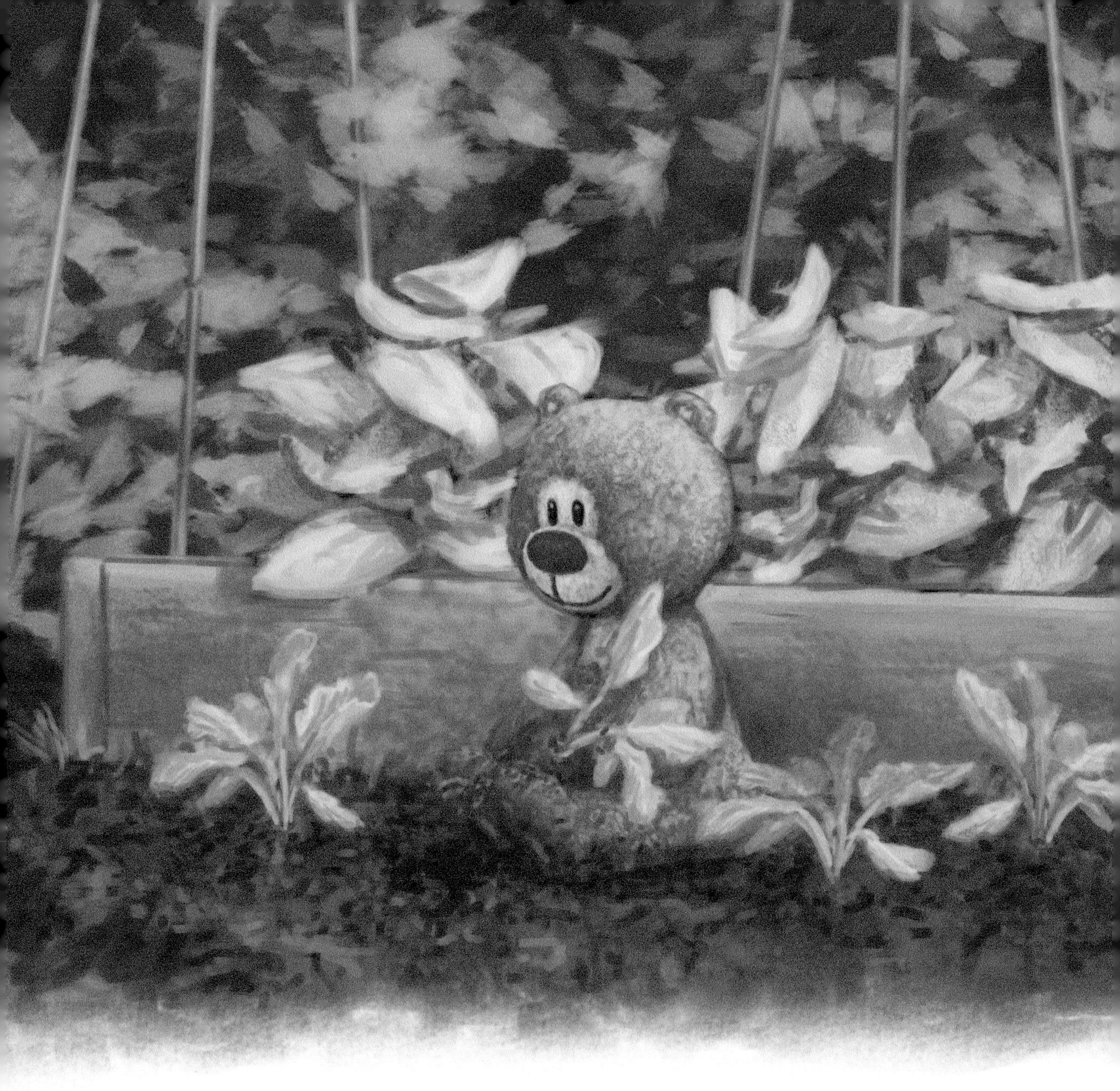

Osito

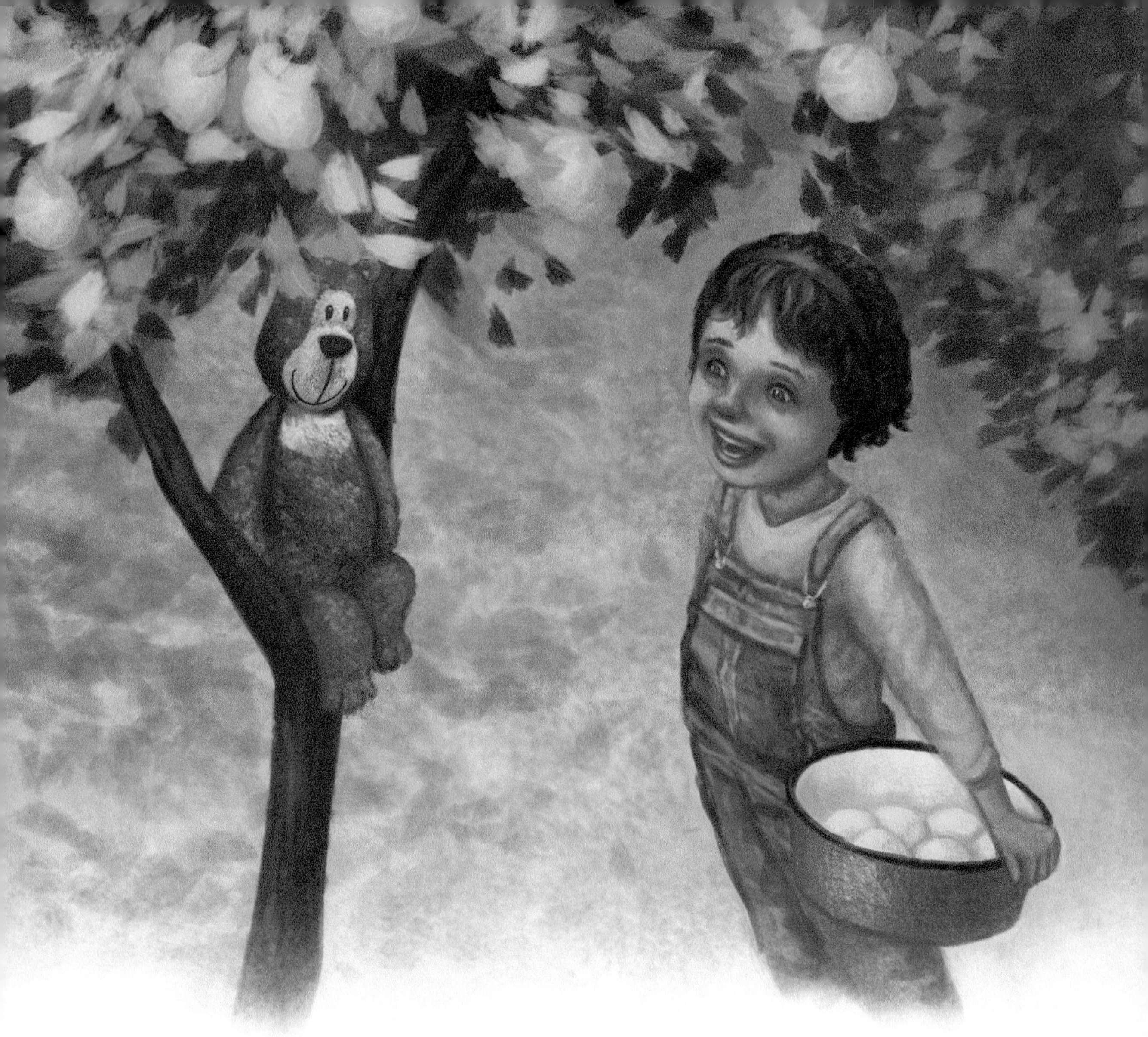

Oso

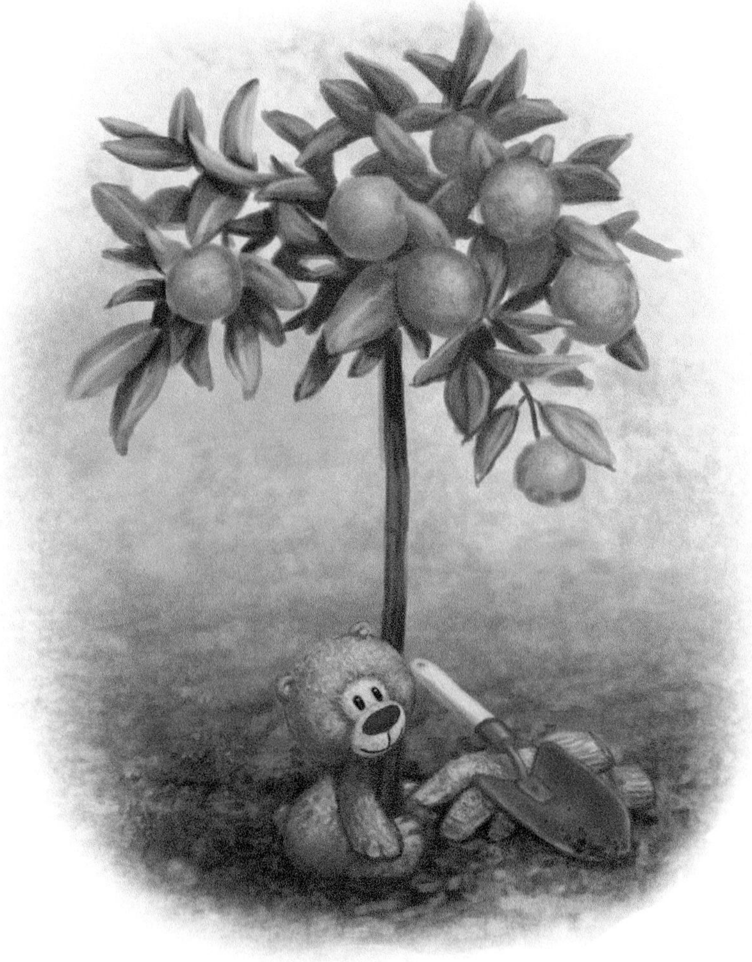

Osito

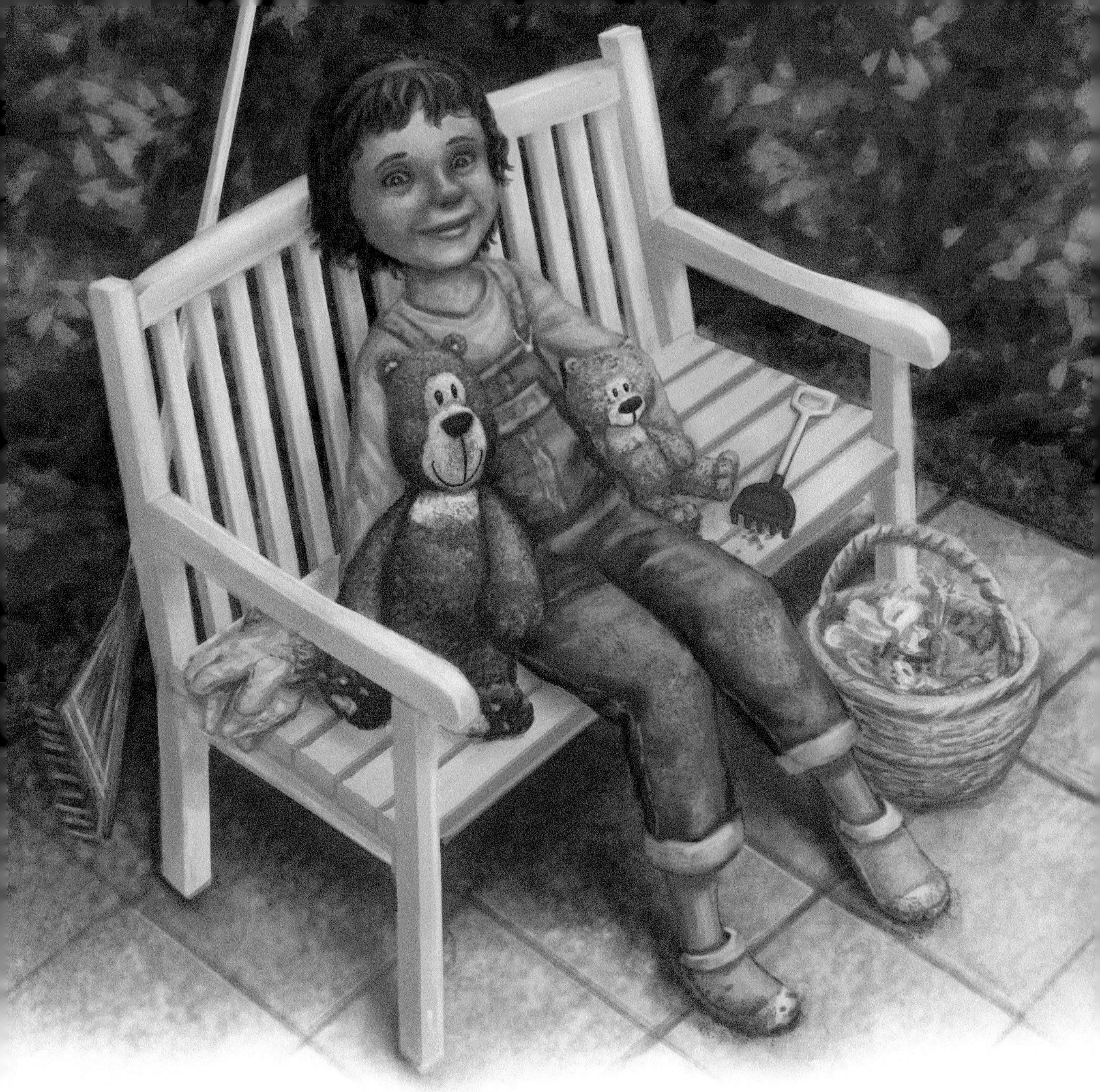

¡Oso . . . Osito!